KB217673

# 러빙

## 시어터

강하늘

두 명의 아이가
책상 밑에서
손으로 놀고 있다

어렸을 때
지금보다 더 어렸을 때
눈을 감으면
세상이 사라진다고 믿었어
그런데도 나는 무섭지 않았어
어둠이 좋았거든
어둠 속에 가만히 있다 보면
그해 여름
바다 아래로
가라앉고 있는
나를 볼 수 있어


나는
끝까지
내려가




이건 내가 처음으로 배운 놀이야

아이
다른 아이의 눈을 감겨주고
사라진다

하나

둘

셋

넷

반

첫 번째 장면은 울음으로부터 시작된다. 나는 울면서 여기에 도착했다. 몇 년이 지났을 때 소리 내지 않고 우는 법에 대해 배우게 되었다. 이 집에 도착했을 때 그것을 가장 먼저 배워야 했다. 눈에서 흐르는 물은 막을 수 없었다. 그것만이 진실이었다

시내
조명을 켠다

한여름이 밀려들어 온다
매미가 악을 쓰며 운다

여기서 뭐 하고 있어?
연습하고 있어
무엇을?
기다리는 연습
왜?
오랫동안 기다려야 할 것 같아서

잎이 빛을 흡수하는 소리
새의 날개 숨 쉬는 소리

7

집에 들어가자
여기 있을래
엄마가 오려면 한참 멀었어
얼마나?
세 시간도 더 넘게
세 시간은 얼마나 먼 데?

저 해 보이지?
저 해가 바다 아래로 져야 할 시간이란 뜻이야

그래도 기다릴래
우리 해가 바다 아래로 지는 걸 지켜보자

시내는
시간을 줄이고 줄인다
시간은 늘어지고 늘어진다

얼마나 지났어?

7분


얼마나 지났어?

12분


세 시간에서 얼마나 많이 남았어?

아직 많이


세 시간은 영원 같아


너 영원이 뭔지 알아?


엄마는 오지 않을지도 몰라
엄마는 오지 않을 거야


그건
지렁이 어둠 같은 거야

방문이 열리고 닫히는 소리
울부짖는 소리
무엇인가 깨지는 소리

아이
성냥을 켠다
불이 성냥 몸통을 다 태우고 나면
후 하고 분다
냄새가 피어오른다

여자가 등장한다
여자는 시내의 손을 꽉 잡는다

엄마
햇빛에 마른 바람 냄새가 나

언덕 위
파란색 대문
문이 열린다

아이를 맡겨야 할 것 같아요

파도 소리가 들린다

한 달에 한 번씩 올게요

파도 소리가 들린다

너무 걱정 마세요. 둘이 벌면 뭔들 못하겠어요

파도 소리가 들린다

//

나는 엄마의 얼굴을 본다
엄마의 검은 눈동자
눈동자는 바다처럼 물이 차오른다
나는 그 눈동자 속으로 뛰어들어가 헤엄친다
검푸른 밤하늘. 반짝거리며 빛나는 파도
두 눈에 박힌 물로 지어진 별
엄마의 눈물방울에 나는 주르륵 미끄러진다


엄마는 뒤돌아


걷는다


걷는다                                    시내의 목소리 작아진다


걷는다                                         작아진다


걷는다                                         속삭인다


걷는다                               목구멍이 목소리를 삼킨다


사라진다

12

파도

나는 입을 벌려 소리를 낸다. 입안에 파도를 담는다
목구멍으로 파도가 넘어간다. 뱃속에 파도가 요동친다

파도. 파도. 파하아도오
파하아아도오오오
파하아아아아아아도오오오오
파하하하아아아아아아아아도오오오오오오오오오오오오

                                        시내는 파도를 부르짖는다
                                          폐에 파도가 요동친다

파도라는 이름은 누가 지었을까

나는 할머니 집 대청마루에 벌렁 눕는다
티셔츠를 가슴께까지 올린다. 오늘은 너무 덥고 할머니는 밖에 나갔다. 집은
조용하다. 까미가 기지개를 켠다. 까미는 검은색 물결을 가진 물고기가 되
었어야 하는데 검은색 물결을 가진 고양이로 태어나 할머니 집에 도착했다
나는 처음으로 파도를 만났을 때를 생각한다

첫 번째 장면은

                                              시내
                                          눈을 감는다

기다려

아직은 아무것도 보이지 않아

눈에 어둠이 다 도착하면

그때 나타나

소리와 함께




두 번째 장면은

천장에 매달린 모빌이었어
모빌이 빛을 내며
흔들거려




세 번째 장면은

아빠가 나를 안고 걸어들어갔을 때야
짭짤한 냄새
난 온몸으로 파도를 맞았고
단단한 아빠의 팔을 기억해
발바닥 아래의 수만 개의 모래알들
피부를 간지럽히는 선형들




파도는 언제 처음 생겨났지?
신이 파도를 만들어 놓고 얼마나 신이 났을까

나는 파도를 쫓아가

파도는 달을 쫓아가

나는 지구 밖으로 날아가

나는 지구 밖에서
달의 움직임을 따라가는 파도를 바라본다

엄마가 흘렸던 물을 생각해
눈물은 왜 위에서 아래로 흐를까?
파도가 달을 따라가는 것. 태양이 뜨고 지는 것
눈물이 위에서 아래로 떨어지는 것

쿵

무엇인가

떨어지는 소리

언젠가 어른이 되면 이 모든 비밀을 알게 될까?

까미는 나의 시선을 끌며 안방에 들어간다. 안방엔 죽은 것처럼 보이지만 아직 살아 있는 엄마의 할머니가 누워있다. 엄마의 할머니와 나의 할머니 사이가 내 잠자리다

모두가 잠든 새벽. 할머니의 코 고는 소리가 들리면 까미의 눈동자와 마주친다. 나는 일어나 2층 다락방에 올라간다. 할머니 집은 나무로 만들어져서 걸을 때마다 삐걱거리는 소리를 낸다

나는 다락방 창문을 열고 밤하늘을 쳐다본다

그네가 삐걱거리는 소리

한 남자가
저벅저벅

걸어들어 온다

엄마의 할머니는 곧 죽을 거야
아빠가 그걸 어떻게 알아?
심장박동이 너무 약해

                                        그네가 삐걱거리는 소리

아빠는 퇴근할 때면 두 손에 무엇인가 사들고 집에 왔다
치킨 기름이 여기저기 번져 있는 누런 사각 쇼핑백을 들고오는 날은 월
급날이다. 검은 봉달이에 빠다코코넛이 들려 있는 날은 평범한 날이다
아무것도 사 오지 않은 날은 아빠와 함께 해태 놀이터에 가는 날이다

죽는다는 건 뭐야?

심장이 더 이상 뛰지 않는 거야

                                        그네가 삐걱거리는 소리

그를 알았던 모든 사람들과 작별하는 거야
중력과의 관계를 끊어내고
우리가 알고 있는 시간과 공간에서 튕겨져 나가
점으로 사라져버리는 것

냄새는 남아 있는데 만질 수 없는 것

지렁이 어둠 같은 거?
지렁이 어둠 같은 거

지렁이 어둠은 누가 만들었어?

                                        그네가 삐걱거리는 소리

18

나는 하늘 보며 그네 타기에 도전 중이다
눈을 하늘에 두고 그네를 타면 무섭다. 안전장치 없는 로케트 의자에
타는 기분이다. 손에 땀이 나고 쇠 맛이 진하게 밴다. 아빠는 저 멀
리 떨어져 담배를 피우고 있다. 연기가 아빠의 머리 위로 피어오른다
나는 두 다리를 힘껏 바깥으로 차며 하늘을 바라본다. 검푸르다. 밤
바다와 같은 색이다. 사실 바다와 하늘은 같은 게 아닐까? 은색 별들
이 반짝거린다. 저 별들은 어디에서 와서 언제 여기에 도착한 걸까?


아빠 이것 봐 나 잘 타지?




                                                그네가 삐걱거리는 소리




바람이 부드럽게 나를 만진다. 하늘이 일렁이기 시작한다
몸이 이상하다. 하늘로 빨려 들어갈 것 같다. 몸 안에서 불꽃놀이
가 열린다. 파도에 휩쓸려온 모래알들처럼 내 몸이 산산조각 난다
폭발한다

나는
저 하늘의 별들처럼
폭발하고 있는
나의 입자를 느낀다
나의 입자들이
저 별들처럼
빛을 내며
하늘을 향해
저 멀리 가고 있다
별들의 탄생처럼

그네가 삐걱거리는 소리

멀어진다

20

                                        시내의 눈과
                                까미의 눈이 마주친다


희야

                                        까미가 아니라
                                    엄마의 할머니다



희야
나 희야 아닌데
희야 발톱 좀 깎아줘
나 발톱 못 깎는데
전엔 깎아줬잖아




                                시내는 엄마의 할머니의
                                        발톱을 깎는다

                                    시내는 긴장했고
                                        발톱에서는
                                            피가 난다




희야
나 희야 아니라고
니 아직도 불장난하나

이제 그만해라




엄마의 비밀을 아는 사람이 또 있다

희야

          응

저 창문 말야

응

저 창문 한 번도 안 열어봤다

여기 왔을 때부터 안 열리더라고

근데?

저 창문 좀 열어줘

내가?

응

안열린다매

나는 이제 힘이 없어 일어서지도 못해

근데 왜 열려고 하는데?

한 번도 안 열어봐서 밖엔 뭐가 있나 해서

지금 열어?

지금 아니면 언제 할라꼬

키가 안 닿아

의자 갖고 와서 하믄 된다




                              시내는 의자를 갖고 와서
                              창문 근처에 놓는다

                              의자를 밟고 올라
                              굳게 닫혀 있던 창문을 연다




안 열린다매?

안 열리나?




                              까미가 둥그래진 눈으로
                              놀라 쳐다본다

창문 밖에서
바람이 분다

나는 창문 밖으로 뛰어내렸다

세상이 하얗다
겨울이다


나는 맨발이다
신발을 가져오지 않았다는 것을 방금 깨닫는다


돌아가야 해


벽을 올려다본다
창문이 높다

주변을 살펴봐도 의자는 없다
올라갈 수 없다


일단 걸을까?
발이 얼 것 같아
그렇지만 눈을 밟는 느낌이 좋아
저것 봐 발자국이 금방 사라졌어
집으로 돌아갈 때 길을 잃을지도 몰라


시내 고민하다가
다시 걷는다


언제까지 걸어야 하지?
저 멀리 나무가 보여
저 나무에 도착하면 좋은 일이 생길 것 같아

걸어도 걸어도
도착하지 않는다


시내는 시간을
줄이고 줄인다


바짝 마른 갈라진 피부와
발가락 같은 뿌리를 가진 나무 밑둥에
한 아이가 누워있다


시내    여기서 뭐해?


아이의 얼굴에
시내의 그림자 겹쳐진다


아이    나뭇가지 사이로 흘러가는 구름을 보고 있어

       왜 신발이 없어?

시내    이름이 뭐야?

아이    이름 없어

시내    왜?

아이    내가 지웠거든

시내    왜?

아이    마음에 들지 않아서

시내    그럼 널 뭐라고 부르면 좋을까?

아이    넌 날 뭐라고 부르고 싶은데?


눈은 곧 비로 바뀐다


시내    비

아이    비

시내    은비

아이    은비

시내    은색비가 내리니까

아이    예쁘다


시내와 은비는 하늘을 향해
입을 벌린다

은색비가
아이들의 입속으로
떨어진다


은비    우리 집에 갈래? 신발 빌려줄게


아이들은 떨어지는 은비를 맞으며
뛴다

은비    들어와

      뭐해? 안 들어오고

      괜찮아. 들어와


은비의 집은 나무로 만들어진 2층 집이다
1층 벽에는 그림들이 가득 걸려 있고 집안 여기저기에 나무로
만든 인형들이 놓여 있다


은비    이 그림들은 할머니가 그린 그림이고 이 인형들은 할
      아버지가 만든 거야. 우리 할아버지는 인형을 만들어
      인형극을 해


                    은비는
              두 인형을 집는다
     인형은 시내에게 다가가 인사를 건넨다
             시내 웃는다


2층에서 다리가 세 개인 고양이와
회백색 눈을 가진 강아지가 내려온다

은비는 선반 유리병에서 쿠키를 꺼내고 능숙하게 코코아를 끓
인다


은비    자. 손님이 오면 주는 쿠키야. 코코아도


             시내와 은비는 식탁에 앉아
           쿠키와 코코아를 마신다


은비    네 이야기를 해줘

      넌 어디서 왔어?

할 말이 떠오르지 않는다
창문을 열고 뛰어내렸더니
여기에 도착했다고 하면 믿어줄까?


은비        네 이름은 뭐야?

시내        시내

은비        시내


은비의 얼굴에 환한 빛이 켜졌다


시내        나는 외할머니 집에 와 있어

은비        사실 나

            너 알아

시내        날 안다고?

은비        너희 할머니 집. 언덕 위 파란 대문이잖아

시내        어떻게 알았어?

은비        너 이 동네 처음 왔을 때 엄청 울었잖아


은비가 그걸 봤을까?


은비        엄마 쫓아가면서 엄청 울었어


소리 내지 않고 울었는데


은비        네가 너무 울어서 홍수가 날 것 같았거든

시내     그거 나 아니야

은비     나에겐 거짓말하지 않아도 돼


망했다


은비     괜찮아. 비밀 지켜줄게

시내     넌 몇 살이야?

은비     7살
         너는?

시내     나도 7살
         그런데 넌 7살 같지 않아


은비가 슬며시 웃는다


은비     나도 비밀 있어

시내     어떤 비밀?

은비     맞춰봐


나는 은비의 눈동자를 본다
은비의 검은 눈동자
눈동자는 빗물이 고인 웅덩이처럼 차오른다
나는 그 눈동자 속으로 뛰어들어간다
요란한 비가 내 몸을 때린다


시내     너는 뭐가 무서워?

은비     난 무서운 게 아니야
         말할 데가 없는 거지

시내    무서웠겠네

은비는 시내에게 다가간다
시내의 귀에다가
귓속말을 한다

회백색 눈을 가진 강아지
짖는다

시내
아침에 도착한다

할머니


나 이상한 꿈꿨어



나는 엄마의 할머니를 흔들었다. 말이 없다. 숨도 없다
가슴에 손을 올려본다. 뼈가 만져진다. 발가락을 살펴본다
발톱 사이에 피가 굳어 있다




시내는
엄마의 할머니 옆에
눕는다


피부에 새겨진
시간의 퇴적을
살펴본다

엄마는 직장에 휴가를 냈다. 사람들이 끊임없이 향초를 피웠다. 고기를 먹고 기름을 먹었다. 울음소리와 웃음소리 사이로 연기가 춤을 춘다. 울면서도 웃을 수 있다는 것을 처음 알게 되었다. 그럼 웃으면서 울 수도 있는 걸까?

엄마는 못 본 사이에 살이 많이 빠졌다. 엄마는 지금 무슨 생각을 할까?
나를 그리워했을까? 나만큼이나?
오늘 엄마의 눈은 사막의 달 같다. 그래도 보고 싶었던 눈이다. 나는 엄마를 껴안으며 말했다



엄마 방금 엄마 할머니 냄새가 지나갔어


또


비 냄새가 나 엄마한테



아침 일찍 일어나 세수를 하고 크림을 발랐다. 아빠가 사준 자주색 원피스를 입고 자주색 샌들을 신었다. 엄마는 내 손을 잡고 버스 정류장으로 향했다. 오늘은 수요일. 엄마의 할머니가 귀신이 된 지 5일째 되던 날이었다. 오늘은 하루 종일 엄마 옆에 붙어 있을 수 있다. 나는 은비에게 요 며칠 있었던 일에 대해 말해야 겠다고 생각했다. 엄마에게도 은비에 대해 말하고 싶었지만 아직 은비에 대해 나도 잘 모르니 더 친해지고 나면 그때 말해야겠다고 생각한다. 엄마는 날 버스에 태웠다. 엄마의 몸에서 비 냄새가 점점 더 짙어지고 있었다


버스에서 두 사람 내린다

분홍빛 하늘 아래
회전목마들이
달리기 시작한다

검은 밤과 같은 눈
곧게 뻗은 다리
솟아오른 근육
금방이라도 초원을 향해 달려 나갈 것 같은 움직임

엄마 진짜 살아 있는 것 같아. 이 말들

엄마는 나를 말 위에 올려주고는 울타리 밖으로 나간다
길게 늘어진 엄마의 그림자를 눈으로 따라간다. 엄마는 뒤돌아
나를 보았지만 엄마의 얼굴은 물에 번진 사진처럼 흐릿하게 보
인다. 회전목마는 돌아간다

세상이
얼룩덜룩하다
나는 떨어질까 봐
말의 목을 꽉 붙잡았다
회전목마는 달린다
나를 태우고
저 멀리
달아난다

비가 쏟아진다


이 빗속을 뚫고 말은 달린다


한참을 달린다


왜 비는 위에서

아래로 떨어질까?


이 비는 어디에서 와서 어디로 흐르는 걸까?


나는 큰 소리로 외쳤다

엄마

이제 우리 집에 가자

                                        말은 달린다


엄마 성냥은
내가 가지고 있어
할머니 집에 올 때 다 가지고 왔어

                                        말은 달린다


불이 엄마를 삼킬까 봐 그랬어
불이 집을 삼킬까 봐 그랬어

                                        말은 달린다


엄마

그냥 가면 안 돼

나 놓치면 안 돼

폭우가 쏟아진다

말이 멈췄다

나는
혼자
말 위에 있다

엄마는 점을 향해

걷는다

걷는다

걷는다

걷는다

걷는다

점이 된다

39

나는 이 장면을 계속해서 반복한다

시내는
엄마가 사라지는 장면을
계속해서 반복한다

영원히 잡을 수 없는 엄마

영원히 잡을 수 없는
달을 쫓아가는 파도의 마음

시내
조명을 끈다


어둠


시내는


어둠 속에서


헤매고 있다


한 아이와 부딪힌다

41

시내     여기서 뭐 하고 있어?


아이     연습하고 있어


시내     무엇을?


아이     기다리는 연습


시내     넌 무엇을 기다려?


아이     영원히 사랑할 그 무언가를
         내가 영원히 존재하고 있다고 느끼게 하는
         유일한 존재를


                                        아이의 손에
                               육각형의 성냥갑이 들려 있다
                                   성냥들이 바짝 서 있다
                                 아이는 성냥 하나를 골라
                                     타원형 갈색 머리를
                               성냥갑 표면에 강하게 비빈다
                                               치직


                                           성냥불이
                                        아이의 얼굴을
                                              비춘다


                                   앳된 얼굴의 은비다

시내    너 이름이 뭐야?


아이    희야




시내    우리 계속 여기에 있을까?




희야와 시내
시간을 멈춘다




43

시내는 달린다
언덕 위 하늘 너머 바다가 보인다

시내는
바다에
뛰어내린다

나는
아주 먼 과거로 가고 있어요

오랜 시간을 한 번에 접어
가장 처음으로 갈 수 있어요

가장 처음은 하얘요
하얗고 하얘요
눈이 내린 건 아니에요

여기는 장소일까요?
시간일까요?
실재하는 걸까요?
아니면 오래된 꿈일까요?


물에 젖은 냄새
젖은 숲풀


피부를 감싸는 서늘한 도착


나의 몸은
찢어지고 있어요

피부가 찢겨나가요
뼈가 부서지고 있어요
내장이 끊어지고 있어요

산산조각 난 나의 몸


멀리서 들리는 발걸음 소리

심장이
누군가의 배낭 안에 있어요

배낭 안 구겨진 나의 심장이
연결이 끊어진 내장과 뼈와 핏줄을 찾고 있어요

배낭의 주인은
천사에요

천사는 배낭을 메고 어딘가로 가고 있어요


젖은 숲풀 냄새
코가 없어도 느낄 수 있어요

천사도 냄새를 맡을 수 있나요?

물어보고 싶지만 입이 없네요


조명이 눈을 비춘다


번쩍


눈을 떴어요
밤하늘의 별들이 셀 수 없이 많아요
무수히 많은 별들이 나의 눈으로
쏟아질 것 같아요
눈에 꽉 찬 밤하늘이 너무 아름다워서
눈은 두려워요


눈의 비명


눈에서 소리가 난다면
이런 소리일까요?

수만 개의 눈들이 강물 위 배 안에 모여 있어요
조개처럼 눈을 깜빡거려요
수만 개의 눈들이 비명을 질러요
이 시끄러운 눈들 속에 나의 눈이 있어요


보이는 것이라곤
새카만 밤하늘에 펼쳐진
이 아름다운 별들뿐이에요

그중 가장 맑게 빛나는
저 별
나는 처음으로 본 것이 저 별이었기에
생각해요


안녕
엄마
널 만나러 갈게



나는 태어나기 전부터
'우리'가 존재했었다는 것을
알게 돼요


눈이 조각난 몸들을 찾아요
몸들이 서로를 찾아 헤매요
천사가 심장을 꺼내 강변가에 됐어요


축축한 숲속 풀 사이에 왼쪽 다리 하나
나무 밑기둥 아래 귀
강물 위로 흐르는 오른팔
물에 가라앉은 입술


왼쪽 다리가 심장을 찾아냈어요
귀가 오른팔이 두 발이 이끌리듯
잃어버린 서로를 찾아요
몸들은 서로를 이어 붙여요


수만 개의 눈들이 강물 위 배 안에 모여 있어요

마침내
몸은 수만 개의 눈들 중 나의 눈을 찾아냈어요


길을 잘못 들었어
넌 떨어지고 있어


천사가 소리쳐요


한쪽 눈이 떨어지고 있어요
나는 어디로 가고 있나요?


누군가 나의 눈을 받았어요
하지만 서랍 안으로 넣고는 문을 잠가버렸어요
컴컴한 어둠뿐이에요


제발
날 꺼내줘!


눈은 비명을 질러요
그러나 조개처럼 깜빡거릴 뿐
암흑은 끝이 없어요


첫 번째 탄생은 실패했어요

다짐해요
이번엔 미끄러지지 않을 거야


눈은 한 번에
잃어버린 몸을 알아보았어요
눈과 몸은 기쁨으로 차올라요


이제 갈 시간이야
우린 다시 만나게 될 거야


천사가 부드럽게 나의 몸을 밀어주었어요


나는
떨어지고
있어요


비가
떨어지고
있어요

나는 바다에 도착했어요
흔들거리는 파도의 움직임에 몸이 일렁거려요


구름이 흘러가고
밤이 찾아오고


내가 원래 있었던 곳에서 보았던
밤하늘의 별들을
바라봐요


그리고


아래를 보았어요


나는 두 사람을 발견했어요

두 사람이 사랑을 하고 있어요

환하게 빛나고 있는 집에서요


나는 빛을 향해
헤엄쳤어요

폭풍


찢어지는 소리


찢어지는 빛


나는 미끄러졌고 누군가 나를 들어 올렸어요


눈을 뜨고

한 여자의 얼굴과 마주 봐요


그 얼굴 안에서
두 개의 별을 보아요


내가 있었던 곳에서 처음 보았던 그 별이에요


안녕 엄마


별에서 물이 흘러요

엄마가 사라진 후 나는 입을 다물게 되었다. 목구멍에서 무엇인가 차올라 입술을 꼭 다물지 않으면 안 됐기 때문이다

며칠이 지났다. 모든 것에 의욕을 잃었다. 그것이 어른이 되는 첫 번째 단계라고 은비는 말했다. 모든 것에 심드렁해지기

은비의 2층 집 뒷마당
시내와 은비는
나무 인형의
작은 극장을 만들고 있다

은비는
나무 인형에 숨을 불어넣더니
움직이기 시작한다

시내  정말 살아있는 것 같아

은비  할아버지는 나무를 볼 때 그 안에 숨어든 영혼을 본대

시내  영혼?

은비  응. 할아버지가 나무를 깎는 건 그 영혼이 자신을 드러낼 수 있도록
     도와주는 거랬어

시내  정말일까?

은비  중요한 건 살아 있다고 믿는 거야

시내와 은비는
인형극 놀이를 한다

소녀       성냥 사세요! 성냥 사세요! 성냥 팔아요!

행인       오 맨발의 소녀. 크리스마스이브에 성냥을 팔고 있
              구나. 가여워라

소녀       친절한 아주머니. 제발 이 성냥들을 사주세요
              이 성냥들을 다 팔 때까지 전 집에 돌아갈 수 없어
              요. 저는 춥고 지쳤어요

행인       그것참 안됐구나. 그런데 오늘은 우리 아들 크리스
              마스 선물을 사야 해서 돈이 없구나

소녀       이 성냥들은 비싸지 않아요. 동전 몇 개면 된답니다

행인       우리 가족이 먹을 크리스마스 케이크도 사야 해서
              우리 강아지 초코가 먹을 오리 목뼈도 사야 하고
              며칠간 오리 목뼈가 없어 살코기만 먹였단다

소녀       크리스마스 케이크. 오리 목뼈. 맛있겠다

행인       오늘 말고 내일 사러 올게

소녀       그렇다면 제가 잠시 부인의 집에 들어가서 몸 좀
              녹일 수 있을까요? 아까부터 발에 감각이 없어서요

행인       오 정말 가슴이 아프구나 (훌쩍인다)
              그런데 어쩌지? 우리 집 양반이 낯선 사람이 집에
              오는 걸 무척 불편해서. 남편만 아니라면 널 집에
              초대해 오리 목뼈를 줄 텐데. 가엾어라
              내일 너의 성냥들을 다 사주마. 내 약속하지

소녀       내일 오신다면 아주머니는 꽁꽁 얼어버린 길 위의
              시체를 보게 될 거예요. 그건 아주머니도 원하지 않으시잖아요

행인       (돌변하여) 너 정말 못하는 말이 없구나! 정말 끝까지
              날 곤란하게 할 생각이니? 돕고 싶어도 도울 수 없는
              사람의 마음은 생각도 하지 않는 거야?
              내일 나는 못 올 것 같구나


행인 서둘러 집으로 들어간다

소녀    이 성냥들을 어쩌지? 성냥을 다 못 팔면 아빠한테
        맞아 죽을 텐데. 그렇다고 계속 이러고 있다가는 난
        정말 얼어 죽을 거야
        맞아 죽는 게 나을까 얼어 죽는 게 나을까?
        춥다. 견딜 수 없게


소녀는 가지고 있던 성냥 모두 불을 붙인다


소녀    다 태워버리자


불에 탄 성냥들은 하늘로 날아가 별이 된다
그 별들 중 하나가 느리게 땅으로 떨어진다


소녀    누가 죽어가나 봐
        별이 떨어지는 건 한 사람의 영혼이 하늘로 올라가는 거라 했는데


        아 나구나


소녀 죽는다


성당에서 울리는
성스러운 음악

사람들은 눈을 감은 채
기도하고 있다

시내의 할머니도
기도한다

시내는
기도하는 사람들을
구경한다

천사
다가와
시내의 옆자리에 앉는다

시내와 천사는
서로를 알아본다

시내는 천사에게 레모나를 준다

시내     천사도 맛을 느낄 수 있나요?

천사 레모나를 먹는다

천사도 냄새를 맡을 수 있나요?

시내    상처가 많은 영혼은 냄새가 나빠요
           이곳엔 나쁜 냄새가 많이 나요


난 상처 많은 영혼을 알아보는 재주가 있어요. 상처
가 영혼의 내부에 어떤 흔적을 남기는지 알게 되었
거든요. 나는 나에게 남겨진 흔적을 살펴봐요. 그
흔적으로 다른 사람의 내부를 봐요. 그건 커다란 파
도가 목구멍으로 쏟아지는 기분이에요. 엄마가 점이
되었을 때 파도를 삼키면 뱃속에 폭풍이 친다는 걸
알게 되었어요. 나에게 영혼이 없다면 이 모든 것들
을 느낄 수 없겠죠?


어제는 은비네 집 뒤에 있는 커다란 나무까지 걸어
갔어요. 은비를 처음 만났던 곳이죠. 저는 그 나무
가 마음에 들었어요. 나무의 나이는 오백 살이 넘은
것 같았어요. 한참을 나무를 관찰하다가 나무 아래
에 누웠어요


                      잎이 빛을 흡수하는 소리
                        새의 날개 숨 쉬는 소리


나뭇가지 사이로 구름이 흘러가는 걸 보았고, 기분
좋은 빛이 얼굴에 쏟아졌어요. 그러다가 갑자기 바
람이 불었어요. 매서운 바람이었어요. 그 바람에 낙
엽 하나가 배꼽 위로 떨어졌어요. 저는 배꼽에 떨어
진 낙엽을 바라봤죠. 그리고 생각했죠. 이 수많은
나뭇잎 중 왜 하필 이 낙엽이 떨어졌을까?
이 낙엽은 오늘 자기가 떨어질 걸 알고 있었을까?


그러다가 깨달았어요
이 낙엽이 떨어진 이유가 없다는 것을요


저는 이 낙엽의 시작을 상상했어요. 이 낙엽은 언제
어떻게 이 나뭇가지에 매달리게 되었을까? 이 가지
는 어떻게 뻗어나가게 되었지? 나무 기둥의 주름은
누가 만든 걸까? 뿌리는 언제 땅에 자리를 잡았을
까? 이 나무도 씨앗이었을 때가 있었겠지?


저는 씨앗의 여행을 상상했어요

시내
바람에 실려 온
씨앗의 움직임을 본다
씨앗은 땅속으로 들어간다


시내는
시간을 줄이고 줄인다


나무는 무럭무럭 자라
가지를 뻗고
잎을 틔운다


잎이 떨어진다


시내    나무는 떨어지는 낙엽을 얼마나 많이 지켜보았을까?
이것을 몇 번이나 반복했을까?
언제까지 반복될까?
이 모든 것은 다 정해진 일일까?

천사
시내를 안고
하늘 위로 올라간다

시내는
아래의 세계를
바라본다

시내    천사님

난 행복을 원하지 않아요
행복하면 곧바로 불행이 떠올라요
행복의 영원한 짝이 불행인 것처럼요
그래서 행복하면 불안해요

한 사람이 행복하려면 한 사람은 불행해져야 해요
한 사람이 밝게 빛나려면 한 사람은 기꺼이 어둠의
강을 건너야 해요
세상에 뿌려진 이토록 수많은 고통. 아래로 잡아끄
는 세계에 발 묶인 사람들
우리의 두 팔이 얼마나 더 넓어야 상처받은 영혼을
안을 수 있을까요? 고통에 울부짖는 사람들이 이렇
게나 많은데
우리는 이 모든 걸 알았어도 삶을 선택했을까요?
내가 확실히 말할 수 있는 건 우린 행복해지기 위
해 이곳에 도착한 게 아니라는 거예요
어른이 되면 이곳에 도착한 의미를 알게 될까요?
그걸 알게 되면 목구멍의 파도가 잠잠해질까요?

65

천사  사람들은 하늘을 날고 싶어 하지만 나는 걷고 싶어
      땅에 단단히 붙잡혀 있는 두 다리를 느끼고 싶어
      만질 수 있는 몸의 무게를 감각하고 싶어
      나는 오래전부터 누군가를 만나고 싶었어
      대화하고 싶었어. 독백은 지겹거든


      나는 바닷물에 태양이 녹아드는 시간에 존재해
      태양이 바다에 녹는 동안 이 세계를 살펴보는 거지
      그 시간은 인간의 기준으로 보자면 짧지만 천사의
      기준으로 보면 짧고도 길어. 그래 지렁이 어둠 같
      은 거지. 그 시간을 영원히 반복하고 있어
      그것이 나의 임무야


      나는 사람들의 고통에 대해 이해하고 싶지 않아
      느끼고 싶어
      조건 없는 사랑을 갈망하는 사람들. 사랑이란 이름
      아래 보잘것없는 영혼을 껴안고 울고 있는 사람
      들. 사랑이라는 이름으로 거짓을 말하는 사람들. 피
      흘리는 사람들. 노래하는 사람들. 춤추는 사람들
      비를 맞는 사람들. 이해와 오해 속에 착각하는 사
      람들. 오직 꿈에서만 사랑을 만나는 사람들. 죄를
      저질러야만 사랑할 수 있는 사람들. 존재 자체가
      비밀인 사람들. 사랑을 말할 데가 없는 사람들. 사
      랑 때문에 토하는 사람들. 걷는 사람들. 껍데기를
      짊어지고 가는 사람들. 소리 없이 우는 사람들. 후
      회하는 사람들. 증오를 심는 사람들. 사랑할 줄 모
      르는 사람들. 사랑할 줄 모르는 자신을 죽이는 사
      람들. 갈 데가 없는 사람들. 아무도 환영하지 않는
      사람들. 절망이 익숙한 사람들. 뛰어내리는 사람들
      소리치는 사람들. 기어가는 사람들. 침묵하는 사람
      들. 달리는 사람들. 추운 사람들. 지친 사람들. 지겨
      운 사람들. 말 못 하는 사람들. 불을 지르는 사람
      들. 생각하는 사람들. 아름다움을 찾고 싶은 사람
      들. 절규하는 사람들. 간신히 숨을 쉬는 사람들. 신
      음하는 사람들. 눈물 속에 가라앉은 사람들. 어쩔
      수 없이 태어난 사람들. 예고 없이 죽는 사람들
      이 모든 이야기를 쓰는 사람들


      그 사이에 있어 나는

시내    우리 아빠는 어디에 있어요?

천사는 시내를 어디론가<br>데리고 간다

공사장 건물 옥상에<br>천사와 시내 앉는다

시내    맥주 맛있어요?

천사    나는 맛을 못 느껴

시내    그런데 왜 마셔요?

천사    인간 기분 내려구. 너도 마실래?

시내    사과 맛 요플레 있어요?

시내와 천사는<br>각자의 음료를 마신다

시내    날 여기로 왜 데려왔어요?

천사    궁금해했잖아. 낙하하는 인간의 몸에서 무슨 일이<br>         벌어지는지

시내    아뇨 알고 싶지 않아요

거짓말이다. 알고 싶다

아빠의 왼팔엔 식물이 새겨져 있다. 줄기가 긴 식물
엄마를 만나기 전 스무 살의 아빠가 일을 하다 다친 흉터라고 했다


　　　　　　　　　　　　　　　　　　　　짠 기를 먹은 바람에
　　　　　　　　　　　　　　　　　　돌아가는 선풍기 소리


나는 아빠의 맞은편에 앉아 아빠를 바라본다
넓은 이마, 부릅뜬 눈동자, 매끄러운 콧날, 두꺼운 입술


만져볼래?


나는 천천히 손을 가져가 아빠의 팔을 쓰다듬는다
피부, 근육, 핏줄, 모공
손가락으로 식물의 줄기를 따라간다. 흉터가 스며든 피부조직이 느껴진다


　　　　　　　　　　　　　　　　　　　　남자의 팔과
　　　　　　　　　　　　　　　　　　시내의 손가락


　　　　　　　　　　　　　　　　　　　　천천히
　　　　　　　　　　　　　　　　　　멀어진다

아빠의 몸은                                    하나

떨어지고              69                         둘

있다                                          셋

건물 옥상에서                                   넷

바닥으로                                        반


                                              쿵


                                           무엇인가


                                        떨어지는 소리

나는 그 시간 안으로 뛰어든다


중력은 남자의 몸을 여러 개로 조각낸다
남자는 경계 너머로 가고 있다
우리는 남자를 따라 끝없는 우주에 도착한다

한순간 인간의 몸을 구성했던 입자들이
다시 우주를 떠도는 것


인간은 얼마나 오랫동안 이것을 반복하게 될까?


나는 아빠의 입자들을 만진다
아무것도 느껴지지 않는다
나의 몸을 만진다
나의 몸도 이런 입자들로 만들어졌겠지
몸 안에서 아빠의 과거와 미래가 뒤섞인다

아빠

이 밤의 놀이터

오늘 밤은

몇 번째 밤의 놀이터야?


우리 여기서 만나는 거

몇 번이나 반복했어?

그네가 삐걱거리는 소리

나 그네 타고
저 멀리 밤하늘에 갔었어

끝도 없이 펼쳐진 하늘의 수많은 별들과 만났어

그 별을 보며 생각했어

그네가 삐걱거리는 소리

영원한 것이 있을까?

아빠의 입은 나를 따라 움직인다

영원한 것이 있을까?

우주에 비하면 아빠는
작고 작은 점에 지나지 않아요


천사와 시내
동시에
말한다



**그런데 우린 만났죠**
**사랑에 빠졌어요**



그 이후로 모든 것이 달라졌어요

우리의 만남이 이 무한한 우주에
어떠한 영향도 끼치지 못하지만
나의 세계는 창조되고 있어요


지금 이 순간에도


입자들
파동과 함께 해체되다가
새로운 형태로
다시 형성된다

73

시내   천사님
나는 앞으로 얼마나 많은 지렁이 어둠과 만나나요?

우린 얼마나 오랫동안
이것들을 반복하게 되나요?

천사    사람들은 우주가 영원하다고 말해
　　　　인간의 셈으로는 측정할 수 없는 미지의 점으로부
　　　　터 와서 인간의 의식으로는 측정할 수 없는 무한한
　　　　미래 너머 우주가 영원히 팽창할 것이라고 상상해

　　　　그런데 어느 날
　　　　진실에 가까운 한 조각이 발견돼

천사
모래알
　　속
유리구슬을
줍는다

　　　　우주는
　　　　지금으로부터
　　　　머나먼 시간을 지나
　　　　다시 하나의 작은 점이 되어
　　　　사라질 거라고
　　　　우주도 유한한 세계에 지나지 않는다고

　　　　그래서 나도 소멸할 거라고

시내    무서워요?

천사    아니
　　　　나는 오래전부터
　　　　사라지고 싶었어

75

시내는
양손 가득
모래알들을 잡는다
수십만 개의 모래알들이
손가락 사이로
빠져나간다


시내    이 우주는
        몇 번째 우주에요?


천사와 시내
마주 본다


우리의 만남은
몇 번째 만남일까요?

천사
천천히
점이 되어
사라진다


시내는
파도가 남기고 간
모래 입자들 위에 누워
하늘의 별을
바라본다


이제 나에게 진실은
중요하지 않아요

두 명의 아이가
책상 밑에서
손으로 놀고 있다

시내    여기서 뭐 하고 있어?

은비    연습하고 있어

시내    무엇을?

은비    기다리는 연습

시내    누구를?

은비    너를
그동안 왜 안 왔어?


시내
은비의 손에
무엇인가 이야기한다


시내    널 만나서 좋았어

은비    이제 떠나는 거야?

시내    응

은비    나랑 갈 데가 있어


은비는
시내의 손을 잡고
바닥 문을 열어
지하로 내려간다

길은
점점 좁아져
둘은
엉금엉금
기어 들어간다

방문이 열리고 닫히는 소리
울부짖는 소리
무엇인가 깨지는 소리

몸끼리 부딪히는 소리
무엇인가 떨어지는 소리
비명 소리
깨지는 소리

흐느끼는 소리
흐느끼는 소리
흐느끼는 소리
소리
소리
소리
소리
소리
소리
소리
소리

아이들은
이 소리들을 지나간다

시내는 은비의 손을 잡고
더 아래로
내려간다

어둠이
이 아이들을
끌어안는다

은비     우리
        계속
        여기에 있을까?

시내     지렁이 어둠은
        언제나 우리 곁에 있을 거야
        그건 사라지지 않아

        그런데
        나도 네 곁에 있을 거야
        나를 기억해
        그러면 나는 영원히 사라지지 않아


                                        시내는
                                성냥 하나를 꺼내
                                        불을 붙인다


시내     희야
        생일 축하해


                                        시내는
                                생일 축하 노래를
                                        부른다


        어른이 되어도
        우리를 잊지 않을게


                        84

희야    내 이름 어떻게 알았어?




나는 희야를 끌어안는다
희야의 눈동자에서 파도가 넘쳐흐른다




성냥불
꺼진다

태양은 뜨겁고 바람은 신선한 계절이 오는 중이다. 바다는 태양의 빛을 받아 푸른색 자주색 하늘색 녹색 검은색 회색으로 순간순간 색을 달리했다. 그 사이에 까미는 집을 나갔다. 나는 검은색 물결을 가진 물고기가 되기로 결심한 까미를 생각하며 까미의 모험에 대한 이야기를 쓰기 시작했다

가끔 엄마의 할머니와 대화하곤 했는데 엄마의 할머니는 귀신의 삶도 나쁘지 않다고 했다. 엄마의 할머니에게 까미가 지금 어디쯤 도착했는지 물었으나 삶에 있어 신비는 무척 소중하므로 모든 것을 다 알려고 하지 말라고 했다. 나는 어쩐지 그 말이 무슨 말인지 알 것 같았다. 할머니는 여전히 성당에 나갔고 내가 성당에 갈 때마다 레모나를 사줬다. 나는 레모나를 먹으며 할머니가 기도하는 모습을 지켜봤다. 성당에 나쁜 냄새는 여전했다. 그리고 엄마가 돌아왔다

엄마
바다에 태양이 녹아드는 냄새가 나

언덕 위
파란색 대문
문이 닫힌다

여자는
시내의 손을 잡고
걷는다

정말 그랬다
바다에 태양이 녹아드는 냄새가 났다
천사의 냄새였다


목구멍에 파도가 넘쳐
몸과 마음속에 일렁이기 시작한다


나는 엄마의 얼굴을 본다
엄마의 검은 눈동자
눈동자는 바다처럼 물이 차오른다


나는 그 눈동자 속으로 뛰어들어간다
뜨거운 태양에 파도의 빛이 시시각각 빛난다
미지근한 수면 아래 찰랑이는 발
넘실대는 파도가 두 다리에 새겨지기 시작한다


그때였다


한 번도 본 적 없었던 커다란 파도가
나에게 달려들고 있었다

하나

둘

셋

넷

반


파도는 나를 집어삼킨다
나의 온몸에 그림을 그린다
수면 아래로 몸이 가라앉는다


푸른 바다 아래
은비가 헤엄쳐 내게 오고 있다


우리는
수면 아래에서
하늘을 바라본다


햇빛이 투명하게 빛나고 있다

시내
러빙 시어터의
조명을 끈다

파도 소리
사라진다

막

러빙 시어터
강하늘


초판 1쇄 발행.
2024년 12월 17일


발행.
화이트 리버(White River)


편집 및 디자인.
남선미

ISBN 979-11-985193-9-9 (03810)
20,000원


화이트 리버(White River)
출판 등록. (979-11) 985193
메일. whiteriver.press.q@gmail.com